# JULES LALOUE

# Le Clavecin

PARIS

*Bibliothèque Artistique & Littéraire*

31, RUE BONAPARTE, 31

1896

# Le Clavecin

## 1887-1895

JULES LALOUE

# Le Clavecin

PARIS

*Bibliothèque Artistique & Littéraire*

31, RUE BONAPARTE, 31

1896

C'est dans le salon d'un vieux manoir abandonné où nous sommes entrés par aventure. Rieuse, mon amie raille l'air précieux des marquises poudrées dont Chardin ou De La Tour ont fait le portrait au pastel. Puis elle ouvre le clavecin qui sommeille depuis tant d'années et la fantaisie la prend d'en réveiller la résonance assoupie.

Elle joue et j'écoute, assis sur un sopha au velours fané ; et tout, dans ce décor, est en harmonie avec mes pensées : le calme du lieu, l'odeur subtile — c'est comme un souvenir d'odeur ! — qui flotte à tra-

*vers la pièce, et surtout le son du clavecin, à la fois
si clair et si discret : ce ne sont point des éclats reten-
tissants, de savantes harmonies ; c'est une succession
d'airs naïfs, de mélodies que l'on saisit sans peine, et
je me laisse prendre au charme de cette musique,
dont la simplicité convient à mon cœur simple...*

# SCHERZO.

... *Tout d'abord mon amie laisse ses doigts courir au hasard sur l'ivoire jauni des touches ; elle fouille dans sa mémoire pour y retrouver des fragments de morceaux classiques qu'elle apprit ; et, en dépit de quelques notes dont la justesse laisse à désirer, elle trouve un plaisir d'enfant à jouer sur cet antique clavecin des airs vifs et sautillants dans le goût des rigaudons et des passepieds du siècle dernier.*

*Charmé de la netteté de son jeu, je l'encourage et voilà que, soutenu par sa musique, je récite pour nous deux ces vers que j'écrivis et qui sont, comme les airs que joue mon amie, des badinages légers, simples dans le fond, sans prétention dans la forme...*

# Andantino

Si tu veux bien, à l'heure où la terre s'endort,
    Dans les jardins parés comme des sanctuaires
Où l'ébénier fleuri pleure des larmes d'or,
Nous ferons quelquefois des courses solitaires.


Et sous la nuit tombante errants — presque sans voir —
Nous irons écouter la berceuse rythmique
Des peupliers trembleurs qui chuchotent le soir
Comme s'ils murmuraient un thrène symbolique :

Pour ne pas effarer les oiselets peureux
Déjà rentrés au nid et la tête sous l'aile,
Nous marcherons sans bruit par les sentiers herbeux
Où le ver luisant met une pâle étincelle ;


Et la brise jaseuse aura des chants très doux
En tons mineurs, avec des cadences calmantes ;
Et des parfums subtils monteront jusqu'à nous,
Odeur de terre fraîche et de roses dormantes.


Pour nous, prêtant l'oreille au trille harmonieux
Du rossignol qui nous dira la sérénade,
Main dans la main, à pas très lents, silencieux
Nous irons — prolongeant la bonne promenade.

. . . . . . . . . . . . . . . . . . . . . . . . . . . . . . . . . . . . . . . . . . . . . . . . .


Mais peut-être tu ris de m'entendre causer,
Après tant de meilleurs poëtes, de ces choses.
C'est que le vent du soir est venu me griser,
Tout embaumé d'avoir baisé le front des roses ;

C'est que dans le murmure incertain des buissons
Je crois surprendre encor l'aveu de ta tendresse ;
C'est que le rossignol me chante tes chansons,
C'est que la brise est douce ainsi que ta caresse.


Viens donc, m'amie, oh, viens ! En la sérénité
De la nuit amicale et discrète — et trop brève ! —
Nous aurons ce bonheur si rarement goûté
D'être heureux dans la vie autant qu'on l'est en rêve.

## CROQUIS

ELLES sortent de l'eau, les vierges de seize ans
    Et vers l'abri discret que leur font les grands saules
Elles courent, laissant pendre sur leurs épaules
Leurs longs cheveux que l'eau du fleuve a faits pesants.


Aux baisers du soleil livrant leur chair rosée,
Elles vont s'allonger dans les gazons épais
Et l'on dirait — à voir leurs corps souples et frais —
De jeunes fleurs où perle encore la rosée.


Et comme la douceur de ce matin d'été
Leur met la joie au cœur, elles causent, rieuses,
Sans paraître le moins du monde soucieuses
De leur resplendissante et chaste nudité.

<br>

## STROPHES INGÉNUES

<br>



<br>

TES yeux bien aimés,
Diseurs de mille et mille gentillesses,
Tes yeux aux longs cils, à demi fermés,
(Tels alors les yeux des mousmés)
Tes yeux câlins m'avaient fait de belles promesses.


Cela m'enhardit,
Moi jusqu'alors hésitant et timide ;
Et sous ton regard indulgent j'ai dit
Ce qui me trottait dans l'esprit.
Mais l'azur de tes yeux devint alors humide.

Et je me suis tu,
Surpris de ces larmes inattendues :
Ton sein que j'avais presque dévêtu,
Je le cachai (t'en souviens-tu ?)
N'osant pousser plus loin les choses défendues.


Alors, simplement,
Tu me tendis ta main un peu tremblante.
Je la tins dans les miennes, longuement ;
Et, dans ma mémoire d'amant,
Je ne retrouve pas une heure plus charmante.

## La Chanson du Vent

L A brise de mai jase dans les branches,
   Mêlant sa voix douce aux chants des oiseaux,
Et chuchote aussi parmi les roseaux.
C'est le temps d'aller cueillir les pervenches,
Filles au cœur tendre et hardis garçons.

Le vent du printemps est plein de chansons.


Un souffle embaumé passe sur la plaine
Et fait frissonner les blés jaunissants
D'où s'élève comme une odeur d'encens.
O gai Messidor, c'est ta bonne haleine
Qui vient caresser les champs embrasés.

Le vent des étés est plein de baisers.

La bise gémit sous les branches nues.
Avec les beaux jours, les chansons ont fui ;
Voici la Toussaint : et voici l'Ennui
Qui s'avance, lent, par les avenues
Où chantait jadis le chœur des Zéphirs.

Le vent de l'automne est plein de soupirs.


La tempête court sur les mers mauvaises
Dont les flots blanchis, monstrueux et lourds,
Se heurtent sans trêve avec des bruits sourds.
Et le vent du large apporte aux falaises
Ces vaines clameurs qui montent des flots.

Le vent de l'hiver est plein de sanglots.

## TIERCE-RIME

ILENCIEUSEMENT alors nous contemplâmes
Une étoile surgie au fond du ténébreux
Zénith : on aurait dit le reflet de nos âmes.


Elle était, comme nous, timide ; et dans les cieux,
Trembleuse, elle passait, discrète et solitaire.
T'en souvient-il ? Mes yeux ont rencontré tes yeux,


Etoile dans la nuit de ma vie, ô bien chère !

# Psaume d'Amour

MES des femmes, ouvrez-vous !
  Et, sans dédain ou sans courroux
    Veuillez m'entendre :


Pour verser quelque peu de paix sur mes tourments,
Femmes, il ne me faut que vos regards cléments,
L'asile de vos bras, et rien qu'un mot — mais tendre.


  Donc, bras des femmes, ouvrez-vous !
  Et dans des enlacements fous,
      Veuillez m'étreindre :


Bras nus, doux au toucher, bras si frais et si blancs,
Bras au rythme berceur où, comme les enfants,
On se blottit, pensant n'avoir là rien à craindre.

Chers yeux des femmes, ouvrez-vous !
Daignez me voir à vos genoux,
    Superbes reines :


C'est pour vous, c'est par vous que mes yeux ont pleuré ;
Pourtant voyez, je vous implore, ayant juré
D'oublier dans l'amour mes amoureuses peines.


Bouches des femmes, ouvrez-vous !
Dites le seul mot qui soit doux :
    Dites : « Je t'aime ! »


Et répétez : « Je t'aime ! » encor ! Mon cœur blessé
Ecoutera toujours sans en être lassé
Des variations nouvelles sur ce thème.

# MADRIGAL

Pourrai-je oublier tant de jours heureux,
Même si je le veux !
Pourrai-je oublier les ivresses
Dont me grisèrent tes caresses ?
Pensant qu'hier encore tu m'aimais,
Toi qui prétends ne plus m'aimer désormais,
Pourrai-je oublier, oh ! tant de gentillesses ?

En vain mainte Hébé, jeune et belle, verserait
L'eau du Léthé dans le cristal de mon âme :
C'est après toi seule (toi que réclame
Mon désir) que clamerait
Mon cœur qui jamais, jamais ne t'oublierait ;

De tout ce qui nous touche, je n'oublie
        Qu'une chose, Madame ma mie :
C'est que tu ne veux plus m'aimer — d'abord pourquoi ? —


        Mais quelle folie !
L'auras-tu pas oublié la première, toi ?

# DEMI-TEINTE

ARFOIS la vision de sa nudité hante
   Mes yeux, en un mirage étrange qui m'est cher,
De sa nudité blonde et rosée — et qui tente :
Alors ma chair a le désir fou de sa chair ;


Et puis l'odeur aussi, cette odeur pénétrante
(Héliotrope, iris, verveine ou vétiver ?)
Qui s'échappait de sa poitrine palpitante,
Emplit le nimbe qui la porte à travers l'air.


Ellé s'enfuit ainsi, sentant bon, toute nue
Et souriante... Alors moi, qui l'ai reconnue
Et qui la vois passer si vite, tout déçu.


Je pleure ce sonnet. Tel, aux heures de pluie,
Un peintre — désireux d'oublier qu'il s'ennuie,
Met sur la toile un arc-en-ciel entr'aperçu.

## SONNET DE PRINTEMPS

ESSIEURS les petits papillons
    Donnent l'essor à leurs ailettes
Et s'en vont faire des causettes
Avec leurs amis les grillons.


Les blés, tout au long des sillons,
Dressent leurs verdoyantes têtes,
S'offrant à servir de cachettes
Aux nids des nouveaux oisillons.


Les vieux pêchers, parmi leurs branches,
Laissent tomber des larmes blanches,
Larmes joyeuses du printemps ;


Et les fillettes ingénues
Ecoutent leurs cœurs palpitants
Chanter des chansons inconnues.

## Sonnet d'Été

Soleils trop chauds, chemins trop blancs !
Oh ! la chaleur qui tombe droite
Et la grand'route qui miroite
Au coup des midis accablants !

Avec quelle ardeur on convoite
L'abri des peupliers tremblants
Où, chargé d'effluves troublants,
S'arrête le vent tiède et moite !

Comme il ferait bon s'allonger
Loin du soleil, et se plonger
Comme dans un bain parmi l'herbe,

A la façon des campagnards
Qui ronflent, massifs et cagnards
A l'ombre d'une haute gerbe !

## Berceuse a trois temps

Baiser subtil — vague caresse — effleurement
  Du vent léger qui plane, ouvrant ses pâles ailes,
Tout embaumé des parfums sains de fleurs nouvelles
Qu'il va verser aux encensoirs du firmament.


Effleurement — baiser subtil — vague caresse
Du chant des nuits : voix du silence, échos d'échos,
Soupirs d'enfants dans leur sommeil, songes d'oiseaux,
O cantilène incitative à la paresse !


Vague caresse — effleurement — baiser subtil
Par le soir bleu, du rêve cher à l'âme lasse :
Rêve confus où passe, fuit, et puis repasse
Le vent léger, le chant des nuits, le soir d'Avril.

## Page d'Album

J'ai pris un feuillet de mon papier rose
   En me demandant : Ferai-je un sonnet ?
Ces quatorze vers seront peu de chose
Pour traiter à l'aise un noble sujet.


Peut-être il vaut mieux vous narrer en prose
Un conte badin, plaisant et bien fait ;
Mais depuis six vers, sept même, je cause
Et voici venir le premier tercet.


Il est un peu tard pour que je commence
A chanter l'amour, le vin ou la France,
L'or des épis mûrs ou l'azur des cieux ;


Je dois avouer que je ne sais guère
Ce qu'avec deux vers je pourrais bien faire :
Ma foi, je me tais ; c'est encor le mieux !

## Sonnet d'un Gastronome

Législateurs du « coq » et de la cuisinière,
Illustre baron Brisse, ô Brillat-Savarin,
Vous à qui nous devons la meilleure manière
D'exécuter le pot-au-feu, le navarin,


Et de faire un civet — en prenant un lapin !
Vous qui montrez à la très sage ménagère
Comment accommoder les restes d'un festin,
J'ai — ne vous en déplaise — un reproche à vous faire.


Si grand qu'il soit, votre Œuvre est encore incomplet.
...On m'a dit maintes fois : « La vie est un banquet. »
Eh bien mais, quand viendront les jours, les jours funestes,


Où j'aurai de ma vie englouti le dessert,
Aurez-vous su former un chef assez expert,
O Savarin ! — pour m'en accommoder les restes ?

# Sonnet

## pour Ysabeàu, la gente Bachelette.

Près de vous, mignonne, ay laissé mon cueur ;
Or vous l'avez prins et votre ongle rose
Vistement lui feit sy terrible chose
Que femmes de Thrace au divin chanteur.


Et depuis ce temps je vis tout morose
Et le plus doulx myel, la plus belle fleur
Me semblent sans goust, comme sans couleur,
Et de tout cela, cruelle, estes cause.


Mais, sy le voulez, mignonne, oyez-moi :
Venez mettre un terme à mon grand émoy
Et bien-tost verrez que seray tout aultre.


Belle, vous avez mon cueur déchiré ;
Il me faut un cueur ou je périray ;
Or donc, pour le myen, donnez-moy le vôtre.

# In Excelsis

Au milieu de son paradis
    Plein de parfums et de lumière,
Sur son trône d'or pur assis,
L'Eternel regarde la terre.


C'est Dimanche : en tous les pays
De chaque église ou monastère
S'élève jusqu'aux saints lambris
Un chant de gloire ou de prière.


En même temps que les humains,
Les anges, l'encensoir aux mains,
Répètent les suaves notes


De leurs cantiques. Cependant
Le bon Dieu sourit, entendant
Chanter faux les vieilles dévotes.

POUR L'OUBLIEUSE

*La donna e mobile.*

Te la rappelles-tu, dis, la petite allée
    Où nous avons erré bras dessus, bras dessous ?
Personne ne passait dans la sente isolée
Et nous étions aussi tranquilles que chez nous.


Oh ! comme nous étions heureux, si loin du monde,
Libres de nous aimer, de le dire tout haut,
Et de nous embrasser, ô Suzon, chère blonde,
Un peu, beaucoup... peut-être un peu plus qu'il ne faut.

Nous nous étions assis sur un banc solitaire
Entouré de lilas, de troënes en fleurs ;
Et, s'il nous arrivait un instant de nous taire,
Il nous semblait entendre en nous chanter nos cœurs.


Pour célébrer aussi notre amoureuse fête
Les oiseaux nous donnaient leur concert le plus gai ;
Des moineaux effrontés tendaient un peu la tête
Et nous considéraient d'un air très intrigué.


Parfois tu te baissais, cueillant des pâquerettes
Pour voir si je t'aimais et pour savoir comment,
Et puis tu te fâchais quand l'une des fleurettes
Ne t'avait répondu que : Beaucoup ! seulement.


L'heure nous a chassés de ce charmant asile
(Le moment des adieux sonne toujours trop tôt.)
Nous nous sommes quittés aux portes de la ville :
Je t'ai dit : « Au revoir ! » — Tu m'as dit : « A bientôt ! »


A bientôt !... Je t'entends dire ces mots encore :
Et le Novembre aux cieux étend son gris linceul :
Et dans ce bois où tu me disais : « Je t'adore ! »
Hier, Suzette, je suis retourné — mais tout seul.

J'allais et venais, seul, dans la petite sente
Où la bise lançait sa lugubre clameur
Comme un râle dernier de la terre expirante,
Et je sentais le froid m'entrer au fond du cœur.


C'était bien triste, va ! Sous le ciel monotone
Les arbres frissonneux tendaient leurs bras vers moi,
Et les feuilles dansaient la ronde de l'automne :
Voilà que j'ai pleuré bien fort — dis-moi pourquoi ! —


. . . . . . . . . . . . . . . . . . . . . . . .


Je ne veux pas savoir ce qui t'a retenue
De parcourir encor notre sentier désert ;
Tu devais me rejoindre et tu n'es pas venue !...
...O Suzon, sois heureuse autant que j'ai souffert !

*Tu penses me taire l'aveu de ton cœur ;*
*tes yeux n'ont-ils pas un langage ?*

Mélodie de Schubert.

J'ai lu dans vos yeux doux la douceur de votre âme.

Vos yeux, myosotis qu'on ne peut oublier,
M'ont dit que la bonté seule jette sa flamme
Dans leur azur où des points d'or semblent briller.

J'ai lu dans vos yeux clairs la paix de vos pensées.

Celui-là soit maudit qui les ferait pleurer,
Eux si calmes sous leurs paupières mi-baissées,
Chastes fleurs que le vent mauvais n'ose effleurer.

Hélas ! une autre fleur est encore fermée
Parmi l'éclosion de vos dix-huit printemps.
Qu'elle s'ouvre, la Fleur d'amour, jeune, embaumée,
Et que je puisse, au fond de vos yeux éclatants,
Lire le juste orgueil de vous sentir aimée.

# ADAGIO.

...Mais tout à coup ma jeune amie frappe quelques accords plus sonores : le chant se fait plus large et le rythme devient plus lent. Les tons mineurs mettent des plaintes et des lamentations dans les mélodies qui naissent sous ses doigts. Et cependant, le son délicat et mièvre du clavecin fait que ses tristes accents n'ont rien d'angoissant. C'est une douleur réelle mais discrète et qui, pour ainsi dire, sait se forcer à sourire.

Et ma voix plus grave dit ces vers écrits dans les heures de mélancolie...

## PRÉLUDE

Je ne rougirai pas de ces larmes versées
Au jour où trépassa l'espoir cher à mon cœur :
Je ne renierai pas les faiblesses passées.


J'avouerai franchement de quel rêve dupeur
Je fus victime et sans fausse honte, bien vaine,
Je dirai le poëme amer de ma douleur ;


Non l'élégie, ou la douceâtre cantilène,
Mais le psaume, le psaume aux rythmes désolés,
Sombre et déchirant comme un lamentable thrène.


Et quand j'évoquerai les espoirs en allés,
Les doux songes dont tant d'heures furent bercées,
Si je sens se mouiller mes yeux inconsolés,


Je ne rougirai pas de ces larmes versées.

## SONNET MOROSE

*Lasciate ogni speranza...*

Puisque nul ne connaît le jardin enchanté
Où fleurissent la Paix et la Joie éternelles,
Et que voici s'enfuir au grand vol de leurs ailes
Les rêves dont longtemps notre cœur fut hanté,

N'allons plus sur le mont des Muses fréquenté
Cueillir les virelais avec les villanelles :
Plus d'amoureux fredons, de vives ritournelles,
C'est assez ! Gémissons pour avoir trop chanté.

Mais avant de briser la viole sonore
Vibrante sous nos doigts et qui palpite encore
De tant d'accords joyeux dont elle a tressailli,

Que dans un chant de deuil aux strophes alternées
Nos voix d'un rythme égal pleurent les destinées
De nos jeunes espoirs, morts sans avoir vieilli !

# LIED

S'EN vont les jours, s'en vont même bien vite !
  Trop courts au gré de nos bonheurs si courts,
Passent les jours, entraînant à leur suite
Les mois, les ans. Et notre cœur s'irrite
    — Quand nos bonheurs sont si courts —
    De cette folle poursuite
Des jours qui s'en vont si vite, si vite !


S'en vont les jours, sur un rythme indolent !
Trop longs au gré de nos longues détresses,
Passent les jours, mornes et défilant
Du même pas, monotone et si lent !
    Oh ! dans nos longues détresses
    Qu'il est parfois affolant,
Des jours qui s'en vont le rythme indolent !

*Et Dieu m'envoya un profond sommeil.*
Lamennais.

JE suis le pèlerin obstiné qui voyage
    Par les déserts sans ombre ou les sentiers mauvais,
Qui marche sans que rien ébranle son courage,
Le pèlerin qui dit : « Je dois aller, je vais ! »


Car notre vie humaine est un pèlerinage
Dont le terme est fixé par des destins secrets,
Je m'en vais donc, les yeux fermés à tout mirage,
Et le but où je tends est l'éternelle paix ;


Paix de l'esprit : repos et mort de ma pensée,
Oubli de toute joie ou tristesse passée,
Des vœux non exaucés et des bonheurs enfuis ;


Paix aussi de mon corps bien las d'aller sans trève
Et qui s'endormirait pour d'éternelles nuits
D'un sommeil enchanté, sans réveil et sans rêve !

# Sonnet Mystique

Avide de repos pour mon âme angoissée,
  O temple, dans ta paix douce et réconfortante
Je m'enfuis, morne, seul et pareil au blessé
Qui va cacher, honteux, ses larmes sous la tente.


Et, pleurant sur l'espoir chèrement caressé,
Oasis dans ma vie aride et rebutante,
Ou mirage plutôt — et si vite effacé ! —
J'évoque du Très-Haut la présence latente.


Père aimable, Seigneur des Seigneurs, Dieu très fort
Et très bon aussi, Dieu dont la voix chère endort
La peine, guéris-moi des souffrances du doute.


Que ta parole verse (Amen ! Miserere !)
Le baume de la foi sur mon cœur ulcéré.
Parle, parle, Seigneur : ton serviteur écoute.

## Piété Profane

Parce que des vitraux tamisent la lumière
Il ne vient du dehors qu'une demi clarté
Et la chambre discrète est comme un sanctuaire
Où l'on vient rendre hommage à la sainte Beauté.


Dans ce temple est debout la Déesse, trop belle,
Jeune et superbe ainsi que Diane Artémis ;
Ses bras sont nus, les seins sortent de la dentelle,
Et de son corps s'envole une senteur d'iris.

Blanche et souple, elle prend des poses de statue,
Et tant de piété me gagne à son aspect
Que je n'oserais pas, sur son épaule nue,
Mettre un baiser, moins fait d'amour que de respect.


Sur la nuque ses mains, ses fines mains sont jointes ;
De ses yeux alanguis elle mire ses seins
Qui sont d'albâtre, avec du marbre rose aux pointes.
Elle sourit — comme à de très charmants desseins.


J'aime qu'elle se taise alors ; car la parole
Met trop de notre vie en ce temple sacré ;
Et je veux l'adorer tout bas, ô douce Idole,
O chère et sainte Image, ô Marbre vénéré.

# L'Heure de Volupté

Tout ce qui recouvrait sa chair blonde et divine,
Toile fine, ou batiste, ou soie, ou mousseline,
    Elle a déjà tout rejeté ;
Elle attend, sans effroi, sans un frisson de honte,
Sans qu'un nuage rose à son front hautain monte,
    Superbe d'impudicité.


Alors, charmeur, il entre en la chambre tranquille,
Celui qui s'est fait d'elle une esclave docile,
    Le désireur impérieux :
Et, rien qu'à le voir là, l'homme, l'amant, le maître,
De longs frémissements passent dans tout son être
    En des appels voluptueux.

Le désir la saisit de se sentir tenue
Entre ces bras aimés, très souple, fraîche et nue,
      Exhalant des parfums discrets ;
Et de sentir errer l'amoureuse caresse
Des lèvres et des mains sur son corps de déesse
      Dont il connaît tous les secrets.


Il approche, il la prend : elle, sans une plainte,
S'abandonne passive à sa puissante étreinte,
      Les yeux languissants et mi-clos ;
Et la chanson d'amour — la chanson sans parole —
Doucement de son cœur à sa bouche s'envole
      En un rire plein de sanglots.


Elle serre sur lui ses seins rosés aux pointes...
Alors une moiteur arrive à leurs mains jointes
      Et tous deux, se sentant brisés,
Souhaitent de mourir dans cette ardente fièvre,
Ainsi, cœur contre cœur, et lèvre contre lèvre,
      Ivres d'amour, saoûls de baisers !

# Chanson Automnale

Voici que, déployant leurs ailes,
  Les fugitives hirondelles
Vont aux pays ensoléillés ;


Blancs comme la cire d'un cierge,
Les flocons de fils de la Vierge
Pendent aux rameaux dépouillés ;


Tout s'attriste, les jardins mêmes
Où maintenant les chrysanthèmes
Poussent, frileux et languissants ;


Voici l'automne aux jours moroses ;
Adieu donc les aurores roses
Des jours d'été resplendissants ;

Adieu donc les couchants en flamme :
Adieu la paix si douce à l'âme
Des tièdes et si claires nuits !


Grave et triste, voici l'Automne
Qui vient, portant une couronne
De dahlias, fleurs des ennuis !

Ære perennius...

Sous l'effort puissant des années
Tout s'écroule, tout passe. Hélas,
C'est le sort de voir ici-bas
Des ruines, des fleurs fanées !

Au même courant entraînées,
Toutes choses vont au trépas ;
La fin seule ne change pas
Dans leurs diverses destinées.

O monuments de nos grandeurs,
Inutiles et vains labeurs,
Vous êtes bâtis sur le sable ;

Tôt ou tard viendra votre tour :
Dans notre monde périssable
Tout cède à la mort — sauf l'amour !

# Herba, Verba

En cheminant vers le moulin
   Théréson s'arrête ; elle cueille
Une fleur au bord du chemin,
Une marguerite, et l'effeuille.


« Fleurette, dis-moi mon destin :
M'aime-t-il ? — Beaucoup. — Dieu le veuille !
— Passionnément ! — C'est certain.... »
Mais il reste encore une feuille :


Elle sent tressaillir son cœur.
— Pas du tout ! annonce la fleur.
Et Théréson, penchant la tête,


Se laisse choir sur le talus.
« Oh ! dit-elle, il ne m'aime plus ! »....
Elle en est morte, la pauvrette !

## Sonnet d'Automne

Dans les jardins jaunis et désolés
    Poussent des fleurs tristes de cimetières ;
Et des grands cieux, par les brumes voilés,
Ne tombent plus que de pâles lumières.


Les grands soleils, où s'en sont-ils allés ?
Où, les lilas et les roses trémières ?
Et qui peut dire où se sont envolés
Les jours lointains de nos amours premières !


Les chants d'été, voilà qu'ils sont finis :
Tout est muet, les cœurs comme les nids ;
L'âme est trop calme, et le bois trop tranquille.
. . . . . . . . . . . . . . . . . . . . . . .


Allons-nous en par les sentiers déserts,
Marchant sans hâte, et lisant quelques vers
Du doux Chénier ou du tendre Virgile !

## Sonnet d'Hiver

Ouverts de vêtements sombres, gris, noirs et bruns,
    Voici venir, parmi les sentes délaissées,
L'Hiver mauvais et ses compagnons importuns,
L'Ennui, l'Isolement et les Sombres pensées.

Dans les parterres blancs comme des fiancées
S'évoquent la candeur des lis, les doux parfums
Des œillets disparus, des roses trépassées,
Et l'âme des printemps et des étés défunts.

Tristesse inconsolable et mystique des choses !
Les nuages sont noirs, en grand deuil des cieux roses ;
Et les nuages noirs passent sur mon esprit :

Une langueur morbide engourdit tout mon être
Et, parmi cet émoi confus qui me pénètre,
Soudainement la peur de mourir m'envahit !

# Les Vieux Chateaux

*Pour Armand Dennery.*

Comme une odeur d'ennui flotte dans les châteaux
Dont on visite encor les splendeurs surannées,
Et leurs salles, parmi les plis lourds des rideaux,
Gardent comme un relent de royautés fanées.

Les lustres de cent feux sont éteints pour toujours
Et, dans les chambres où dormirent maintes reines,
Les grands lits, les doux lits de soie et de velours,
Sont veufs à tout jamais des corps de souveraines.

Dorment depuis longtemps les clavecins muets
Où coururent des doigts légers et des mains fines,
Et qui firent jadis danser des menuets
A de jeunes infants et de jeunes dauphines.

Avec eux se sont tus les salons de concerts
Où paradaient les ducs et les marquis frivoles ;
Les marquis sont défunts, et les châteaux déserts
Ont le calme troublant de vastes nécropoles.


Aussi, dans les boudoirs silencieux et froids,
Le visiteur, pris d'un malaise étrange, passe
— Craignant de réveiller des fantômes de rois —
Sur la pointe des pieds, et parlant à voix basse.


Et le même air de deuil vague au fond des grands parcs,
Sous les berceaux touffus, dans les longues allées :
Les Amours oubliés n'y tendent plus leurs arcs,
Les Niobés y sont encor plus désolées.


Les oiseaux familiers désertent leurs massifs
Et les fleurs de printemps meurent dans les parterres ;
Mais des corbeaux ont fait leurs nids parmi les ifs,
Et les jardins sont pleins de dahlias austères.

O souvenirs des temps heureux évanouis !
Où sont les fastes et les splendeurs du Grand Règne,
Où le bon roi François et le grand roi Louis,
Ames de ton cadavre admirable, ô Compiègne !


Flotte dans les châteaux comme une odeur d'ennui.
. . . . . . . . . . . . . . . . . . . . . . .
O mon cœur, n'es-tu pas pareil à ces demeures,
Toi si riche en trésors d'amour, vains aujourd'hui
Que tes espoirs s'en sont allés — et que tu pleures !

# RÊVERIE AU SOIR TOMBANT

Il me semble vous voir habillée à l'antique,
Blanche sous la blancheur transparente du lin
Et droite dans les plis flottants d'une tunique
Que retient à l'épaule une agrafe d'or fin.

Vous vous tenez debout au bord d'une eau tranquille
Que les blancs nénuphars couvrent de leur tapis :
Dans les joncs, repliant leur col souple et gracile,
Les cygnes consacrés s'arrêtent, assoupis.

Et le luth que vos doigts frôlent de leurs caresses
Murmure doucement de très simples chansons :
Leur rythme égal m'invite à de longues paresses
Et j'écoute, à demi couché sur les gazons.

Si claire dans la paix de l'heure sérénale,
Votre voix monte aux cieux où le soleil couchant
Brode de pourpre, d'or, de turquoise et d'opale
Le linceul azuré du jour agonisant.


Un appel retentit du côté des prairies :
C'est le cor des pasteurs rassemblant leurs troupeaux :
Bergers et chevriers rentrent aux métairies,
Redoutant la fraîcheur des nuits pour les agneaux ;


Car le soir vient, le soir qui sous des flots de cendre
Eteindra le brasier du couchant enflammé ;
L'ombre, majestueuse et lente, va descendre
Sur la plaine alanguie et sur le bois pâmé.


Les dernières rumeurs du jour se sont éteintes :
C'est le moment propice aux intimes aveux ;
Et je vais m'enhardir à vous conter mes craintes
Et mes espoirs, et tous mes soucis amoureux.

. . . . . . . . . . . . . . . . . . . . . . . . . . . . . . . . . . . . . . . . . . . . . . . . . . . . . . .

Soudain votre chanson semble plus indécise ;
Le luth harmonieux est muet sous vos doigts :
Un arpège dernier s'envole dans la brise ;
Je vous parle — et l'écho répond seul à ma voix ;

Votre image à son tour m'apparaît moins réelle ;
Elle va s'effaçant par degrés — et me fuit.
Je cherche à la saisir, je tends les bras vers elle :
Inutiles efforts, je suis seul dans la nuit.


Au fond du ciel voici que la lune se lève
Et verse autour de moi sa paisible clarté,
Perçant la brume où s'est évanoui mon rêve
Et rappelant mes sens à la réalité.


Je voudrais retrouver ma douce rêverie,
Je voudrais vous revoir et vous entendre encor ;
Mais déjà le rideau tombe sur la féerie :
Allons-nous en, car on enlève le décor.


Et je m'en vais, sans que la nature endormie
Entende mes soupirs et surprenne mes pleurs.....
O jeune fille, ô jeune amie, ô mon amie,
Ne me gardez-vous pas quelques rêves meilleurs ?

## COUCHERS DE SOLEIL

### I

### SOUVENIR D'ARCACHON

'AZUR pâlit et prend les plus étranges teintes :
Bleu-vert turquoise avec bleu-vert céruléen.
Toutes les voix du jour à présent sont éteintes,
Et le soleil nous fait l'adieu quotidien.


Comme un disque de fer rutilant, il décline
A gauche, du côté de l'Océan sans fin ;
Le vent plus frais est plein de senteurs de résine ;
Un manteau d'or nué couvre le sable fin.

Vers la droite déjà montent des ombres vagues,
Des nuages aux flots une rougeur descend ;
Le couchant empourpré se mire dans les vagues
Et, sous le ciel de feu, la mer paraît de sang.


...Demeuré presque seul sur la plage paisible,
J'admirais ce spectacle, et mon regard croyait
Revoir dans ce décor grandiose et terrible
Les présages sanglants dont Rome s'effrayait.

**II**

**SOUVENIR DE LA JUNGFRAU**

Sur le jour qui se meurt la nuit étend ses voiles :
La Heimwehfluh, les lacs, tout s'endort. Dans les cieux
Où s'allument déjà les premières étoiles,
Voici que le couchant vient d'éteindre ses feux.


Déjà la paix du soir plane sur la campagne
Et sur Interlaken descend l'obscurité,
Mais sur le front neigeux de la chaste montagne
On voit briller encore un reste de clarté.


Cette lueur est douce et rose ; c'est la trace
Des longs baisers d'adieu qu'en s'évanouissant
Le soleil a donnés à la Vierge de glace
Et que, pudique, elle a reçus en rougissant.

...Et je te contemplais, lumière consolante !
Et mon esprit pensif croyait apercevoir
A travers les reflets de ta clarté mourante
Dans la nuit de nos jours la lueur de l'espoir !

## Aux Cœurs Meurtris

O vous qui de l'amour avez souffert la peine,
Ne faites pas serment de n'aimer jamais plus !
Vous voudrez tôt ou tard reprendre votre chaîne
Et vous regretterez les tourments disparus.


O vous qui connaissez les tristes décevances,
N'allez pas répéter : « C'est la dernière fois ! »
Les regrets font toujours naître les espérances ;
Qu'on vous dise : « Je t'aime ! » — et vous direz : « Je crois ! »


O vous que le chagrin, que le doute dévore,
Ne vous dites jamais : « C'est fini sans retour ! »
Pour guérir votre mal il faut aimer encore...
L'amour est le remède aux blessures d'amour !

# SO, WE'LL GO NO MORE A ROVING....

### PIÈCE TRADUITE DE BYRON

JAMAIS plus nous n'irons vagabonder tous deux
    Si tard dans la nuit solitaire ;
Et pourtant notre cœur n'est pas moins amoureux,
    La lune est toujours aussi claire.


Mais ainsi qu'une épée use enfin son fourreau,
    L'âme use le corps qui l'engaîne.
Trêve donc aux soupirs, ô pauvre cœur, tout beau !
    Laissons l'amour reprendre haleine.


Trop vite, ô belles nuits propices aux amours,
    Reparaît l'aurore importune,
Oui, trop vite ; et pourtant c'est fini pour toujours,
    Les courses sous le clair de lune.

## LINES WRITEN IN AN ALBUM.

### TRADUIT DE BYRON

Comme, devant un froid et triste mausolée,
Un simple nom parfois retient le voyageur,
Ainsi, quand vous verrez cette page isolée,
Puisse le mien fixer votre regard songeur.


Et puis si par hasard, dans les ans qui vont suivre,
Vous relisiez mon nom, déjà couvert d'oubli,
Dites-vous : « Il n'est plus ! » et songez que ce livre
Est la tombe où mon cœur repose enseveli.

# Sursum Corda !

*Adolescens, tibi dico : Surge !*
(Evangile selon saint Luc)

Enfant, qu'as-tu donc fait de ta fière jeunesse ?
Quel chagrin assombrit ton front et tes regards
Et te fait, à vingt ans, plus vieux que les vieillards ?
Jeune homme aux yeux pensifs, d'où vient cette tristesse ?

***

— Ami, de ce que tout s'écroule autour de moi :
Je n'ai plus d'espérance et n'ai plus de courage :
Je suis le laboureur qui, par un jour d'orage,
Fait le tour de ses champs et voit avec effroi

Ses récoltes qu'un rude ouragan a couchées :
Mes espoirs abolis jonchent ainsi le sol ;
Et mes illusions ont toutes pris leur vol,
Colombes qu'un passant aurait effarouchées.


Les jardins refleuris nous rendent leurs parfums ;
Avec l'avril qui vient le printemps recommence :
Tout renaît, et je sens plus vive la souffrance
De mon cœur triste, en deuil de ses espoirs défunts.


En vain je vois passer les joyeuses cohortes
Des amoureux qui vont cueillir dans les sentiers
Les muguets, les lilas et les fleurs d'églantiers :
Dans mon jardin d'amour toutes les fleurs sont mortes.


A mon âge pourtant l'on était gai jadis,
Et l'on ne connaissait que des chants d'allégresse.
Ces heureux temps sont loin ; ami, plains ma détresse,
L'hymne de mes vingt ans n'est qu'un De Profundis.


Horizons entrevus aux heures des beaux rêves,
Je n'atteindrai jamais vos rivages lointains :
J'ai peur de me fier à des flots incertains,
Marin qui n'ose pas voguer trop loin des grèves !

J'ai pour mes sombres jours de plus noirs lendemains :
Je laisse, languissant, fuir leurs heures moroses :
Car à quoi bon agir, si la force des choses
Doit l'emporter toujours sur les efforts humains ?


Voilà pourquoi je pleure, ami. Viens à mon aide :
Je suis en proie au doute, au découragement.
Tâche de me guérir de cet affreux tourment
Et laisse-m'en mourir, s'il n'a pas de remède !

***

— O malheureux enfant, tu parles de mourir,
Ouvrier que la tâche à l'avance rebute,
Soldat qui ne sais pas que tu dois, dans la lutte,
Songer à vaincre avant de songer à périr !


C'est de toi seul que vient le mal qui te dévore,
Mais de toi seul aussi viendra ta guérison
Si tu veux sagement user de ta raison,
Arme dont tu n'as pas su te servir encore !


Pour surmonter tes maux fais donc tous tes efforts :
Ces tourments que tu crains, le sage les demande,
Car l'épreuve souvent fait notre âme plus grande
Et les plus malheureux deviennent les plus forts.

Pour quelques jours perdus en vains rêves de gloire
Tu restes accablé sous ta déception.
Sᴜʀsᴜᴍ Cᴏʀᴅᴀ ! Conserve au cœur l'ambition
De lutter pour qu'enfin te reste la victoire.


Mais sache néanmoins borner ton horizon :
Ne t'en va pas trop haut poursuivre la Chimère,
Car tu retomberais brisé sur notre sphère
Comme aux temps d'autrefois Icare et Phaéton.


Laisse à de plus hardis les audaces stériles ;
A toi-même d'abord sache imposer ta loi,
Chasse les ennemis que tu portes en toi,
Et ce seront déjà des victoires utiles.


Quand ces premiers combats auront pu t'aguerrir,
Ardent, robuste, et fort de ton expérience,
Va, poursuis l'Idéal, la Foi, l'Art, la Science,
Toisons d'or que plus d'un Jason peut conquérir !


Rends donc la paix, enfant, à ton âme assagie :
Laisse le noble espoir illuminer tes yeux ;
Elève tes regards et ton cœur jusqu'aux cieux
Et marche, confiant dans ta jeune énergie.

Avec ton bon vouloir pour unique soutien,
Suis ta route, tout droit ! Tu parviendras sans peine
Jusqu'aux sommets où trône, invincible et sereine,
L'auguste trinité du Vrai, du Beau, du Bien !

# ARIETTES ET PASTORALES.

....*L'émotion rendait moins sûrs les doigts de la musicienne, et faisait trembler ma voix ; nous allions nous taire lorsque, des champs voisins, le son d'une musette apporta jusqu'à nous la douce chanson des laboureurs, joyeux de leur tâche accomplie. Mon amie répéta sur le clavecin le thème naïf de cet air pastoral, qu'elle développa dans une fraîche improvisation, tandis que de mon côté je me rappelais quelques rimes plus joyeuses...*

## CHANSON SIMPLETTE

Les nids chantent : l'enfant écoute.
La bouche et les yeux grands ouverts,
L'enfant écoute les concerts
Des oiseaux au bord de la route.
Les fauvettes et les pinsons
Qui savent beaucoup de cantiques
Lui disent leurs plus magnifiques
Et l'enfant comprend leurs chansons.

Bébé jase ; les nids se taisent.
Les petits bras, les petits doigts
Ont de grands gestes maladroits ;
Ça veut dire : « Vos chants me plaisent. »
Il jase, mais on n'entend rien
Que des mots que ne sait comprendre
Même la maman la plus tendre ;
Les oiseaux les comprennent bien,

Sans doute ce furent les anges
Qui vous apprirent vos chansons,
O bébés que nous chérissons,
Et vous, rossignols et mésanges !
Enfants bavards, chanteurs ailés,
Si vous saviez combien l'on aime
Votre charmant langage, même
Sans savoir de quoi vous parlez !


O gazouillis des bébés roses,
Bégaiements des petits oiseaux,
Chansons des nids et des berceaux,
Si chères à nos cœurs moroses !
Chantez, chantez encore un peu,
De vos voix fraîches et menues,
Vos ariettes ingénues,
O petits chantres du bon Dieu !

## CHANSON MARINE

Les flots bleus ont dit à l'âme joyeuse :
« Murmure avec nous de folles chansons ;
« Songe aux doux baisers dont nous caressons
« La plage blonde ainsi qu'une blonde amoureuse. »

> Les flots, bleus comme les beaux jours,
> M'ont fait rêver à mes amours.

Les flots verts ont dit à l'âme inquiète :
« Entonne avec nous les hymnes des forts
« Et sache vouloir, pour que tes efforts
« Puissent, quand tu voudras, soulever la tempête. »

> Les flots, verts comme les beaux soirs,
> M'ont fait trouver bons mes espoirs.

Les flots noirs ont dit à l'âme blessée :
« Exhale avec nous de longues clameurs ;
« Pleure, gémis, hurle, et puis enfin meurs !
« La mort est le sommeil où s'endort la pensée. »


Et les flots, noirs comme les nuits,
M'ont fait mourir de mes ennuis.

## CHANSON DE PAGE

AME chastelaine,
N'ay jamais apprins l'art des troubadours gentilz ;
    Pourtant veulx-je chanter ma peine
Et vous narrer quel est le mal dont je pastis ;


    Ma dame, oh ! ma dame,
Les clameurs de mon cueur vont-elles jusqu'à vous,
    Et mes sanglots à fendre l'âme,
Ces clameurs et sanglots à votre orgueil si doulx ?


    Sçachez que vous ayme
Autant que peult aymer ung bon filz de chrestien
    Et j'ay jeuré sur mon baptesme
Que, devant que m'aymiez, je n'entreprendray rien.

C'est donc votre joye
De veoir que l'on vous ayme et de n'aymer jamais ?
Ains que faict ung chat de sa proye,
Vous harcelez mon cueur, qui desjà n'en peult mais.


Soyez charitable :
Que votre grâce accorde à ma timidité
L'aumosne d'ung regard aymable
Pour mettre la lyesse en mon cueur contristé.


Oyez ma prière ;
Et sy vous plaist, sçachant ma peine, en prendre esmoy,
Je bényrai l'heure première
Où le Dieu bon vous feit passer auprès de moy.

## Les Meules

Meules en pointe ou bien en dôme,
Riches maisons au toit de chaume
D'où s'envole le sain arôme
Des blés ou des foins entassés ;


Meules par tous les vents baisées,
Par tous les soleils embrasées,
Où, sous la lune, les rosées
Mettent leurs pleurs vite effacés ;


Meules qui dans les vastes plaines
Vous dressez, hautes et sereines,
Fières et bonnes souveraines
Dont les brins d'herbe sont vassaux ;

Meules pour les pauvres clémentes,
Qui les couvrez comme des mantes,
Les sauvant l'hiver des tourmentes
Et, l'été, des midis trop chauds ;


Meules dont la taille très ample
Recèle des trésors de temple,
Vous que l'heureux fermier contemple
Avec tendresse, et qu'il bénit ;


Meules où, repliant leurs ailes,
Se reposent les hirondelles,
Vous qui laissez prendre aux oiselles
Des pailles pour faire leur nid ;


Meules sous l'orage solides,
Vous qui des paysans avides
Irez emplir les granges vides
Et comblerez les hauts greniers ;


Meules d'herbe ou de paille claire,
Vous êtes de la sainte Terre,
Antique et toujours jeune mère,
Les bons gros tétons nourriciers.

## Bucolique

Il faut veiller sur vos moutons, bergers galants,
Et ne lutiner plus les jeunes pastourelles ;
Cessez les jeux d'amour et les tendres querelles,
Bergers : les loups ont faim de vos agneaux bêlants.


Rassemblez les troupeaux et rentrez à la ferme :
Fuyez les loups plutôt que de lutter contre eux ;
Rentrez, et que vos chiens hâtent les pas peureux
Et trop lents des brebis pesantes, sur leur terme.


Prenez entre vos bras le plus jeune agnelet,
Présent de quelque aimable et fidèle bergère ;
Et gardez qu'il n'ait froid, car sa laine légère
Protège mal son corps chétif et tendrelet.

Mais lorsque, sous l'abri tiède des bergeries,
Bien repus, se seront endormis vos troupeaux,
Que vos doigts exercés fassent de vos pipeaux
S'envoler doucement des chansons attendries ;


Que dans le vent du soir vos chants passent, légers,
Et simples comme votre innocente pensée,
Pendant que s'assoupit la nature lassée
Et que s'allume aux cieux votre étoile, ô bergers !

## Rondel du printemps nouveau

Eh ! vite, au bois, la bergerette !
Viens, et laisse là ton troupeau.
Allons écouter si l'oiseau
Sait encore sa chansonnette.

Mets ce lis à ta gorgerette,
Ces œillets blancs à ton chapeau ;
Eh ! vite au bois, la bergerette,
Viens, et laisse là ton troupeau.

Toi qui restes dans ta chambrette
Sans t'émouvoir du renouveau,
Timide et naïf jouvenceau,
Si tu ne sais conter fleurette,
Evite au bois la bergerette !

## Rondel des Petits Lapins

Campés en rond sur leurs derrières
Aux heures tièdes des couchants,
Dans les serpolets alléchants,
Les genèvriers, les bruyères,

Les petits lapins téméraires
Goûtent un peu la paix des champs,
Campés en rond sur leurs derrières
Aux heures tièdes des couchants.

Marmottant, telles des commères,
Pour la mort des chasseurs méchants,
Des furets et des chiens-couchants
Ils font de timides prières,
Campés en rond sur leurs derrières.

## Rondel des Petits et des Vieux

Enfants, aux vieillards frissonneux
Ne marchandez point vos caresses !
Ils ont besoin de vos tendresses :
C'est par vous seuls qu'ils sont joyeux !


Ils pensent être un peu moins vieux
En se mêlant à vos jeunesses :
Enfants, aux vieillards frissonneux,
Ne marchandez point vos caresses !


Et s'ils sont parfois soucieux,
Perdus en de mornes tristesses,
Ce sont vos voix enchanteresses
Qui consolent encor le mieux,
Enfants, les vieillards frissonneux.

## Rondel du Chariot de Thespis

Personne ne veut plus jouer les Isabelles :
Il paraît que ce sont des rôles très ingrats.
Aux prières, même aux ordres du Fier-à-Bras,
Elvire, Silvia, Lucinde sont rebelles.


Dans la troupe on entend d'incessantes querelles ;
Le Docteur n'en peut mais ; Scaramouche en est las ;
Personne ne veut plus jouer les Isabelles :
Il paraît que ce sont des rôles très ingrats.


Depuis qu'un jouvenceau tout couvert de dentelles
Et dont la poche était pleine de bons ducats,
A dit à la Duègne, en la saluant très bas,
Qu'elle était adorable et belle entre les belles,
Personne ne veut plus jouer les Isabelles.

## RONDEL DES DOUX AVEUX

FAIRE l'aveu de son amour
Est plus délicat qu'on ne pense.
Faut-il se piquer d'éloquence,
Faut-il s'exprimer sans détour,

Faut-il soupirer tout le jour,
Faut-il espérer en silence ?
Faire l'aveu de son amour
Est plus délicat qu'on ne pense.

Mais en essayant tour à tour
Ces divers moyens, on dépense
Les trois quarts de son existence,
Si bien qu'il est un peu tard pour
Faire l'aveu de son amour.

# Le Bonnet de Colette

### PAYSANNERIE

L'AUTRE jour, Colin et Colette
Sont allés au hameau voisin ;
A Saint-Jean, là-bas, c'est la fête
Et l'on danse autour du moulin.
Etant un tantinet coquette,
Elle avait mis dès le matin
Sa plus avenante toilette :
Corsage et jupe de drap fin,
Une guimpe, une collerette
Et son plus beau bonnet de lin.


« — Adieu, maman ! — Adieu, fillette ! »
Ils partent, la main dans la main....
Soudain la petite s'arrête
Et se met à dire à Colin :

« Eh bien, voyons, tu perds la tête ;
Où donc nous conduit ton chemin ?
— Il mène à la forêt discrète
Où, sur les branches d'aubépin,
Le pinson à sa pinsonnette
Chante son amoureux refrain. »


Elle le regarde, inquiète ;
Colin sourit d'un air malin
Et commence à conter fleurette :
« Non, non, tu me parles en vain,
Répond alors la bergerette ;
Je vois bien d'ici ton dessein,
Mais tu me prends pour une bête.
Si tu veux de moi, va demain
Voir ma mère, en garçon honnête,
Et tu demanderas ma main. »


Pour une bergère simplette
C'était bien parler, c'est certain,
Mais l'amour vainquit la pauvrette
Et bientôt Colette et Colin
Causaient de très près sur l'herbette.
Hélas ! toute chose a sa fin,

Même la plus tendre causette.
Le jour était à son déclin
Quand ils quittèrent leur retraite,
Lui tout fier, elle l'air chagrin.


Ils rentrent à la maisonnette :
« Vous voici de retour, enfin !
Dit la mère, et puis à Colette :
« Où donc est ton bonnet de lin ?
L'aurais-tu perdu dans la fête
Ou laissé choir sur le chemin ?
— Ma foi non, répond la fillette ;
C'est un coup de vent qui soudain
L'a fait s'envoler de ma tête
Jusque par-dessus le moulin ! »

## Cantilène pour ses Yeux

coutez la chanson d'amour que j'ai rimée
En l'honneur de vos yeux charmants, ô mon aimée

Vous êtes moins bleus, myosotis bleus,
Bleuets, fleurs de lin, ailes des mésanges,
Ailes d'Oiseaux bleus, ailes des archanges,
Saphirs, diamants bleus aux feux étranges,
Flots où s'est baigné l'azur des grands cieux,
Vous êtes moins bleus que ne sont ses yeux.

O flamme de ses yeux, ô lumière divine
Dont la nuit où je vis languissant s'illumine !

Vous êtes moins doux — ô douce senteur
Des lilas fleuris et de la verveine ;
Et vous, foins coupés à la bonne haleine,
Paix des soirs où luit la lune sereine ;
Baisers du soleil ou du vent frôleur —
Que son cher regard n'est doux à mon cœur.


Ses yeux sont le miroir limpide où se reflète
La douceur de son âme innocente et simplette.


Vous jasez tous moins, oiseaux babillards,
Pinsons qui contez l'amour aux fauvettes,
Rossignols ; chanteurs des champs : alouettes,
Hirondelles, et vous, bergeronnettes,
Merles persifleurs et moineaux criard ,
Vous jasez tous moins que ses yeux bavards.


Les aveux que sa lèvre hésite encore à faire,
J'ai su les lire au fond des yeux de la bien chère.

Et moins soucieux vous êtes, soucis,
Soucis des jardins, pauvres fleurs sans charmes,
Trembles frissonnant aux moindres alarmes,
Saules qui versez des larmes, des larmes !...
Oui, moins soucieux que je ne le suis
Lorsque ces yeux-là restent endormis.


Pour me récompenser de cette cantilène,
Tournez vers moi vos yeux cléments, ô douce reine !

## CHANSON

MARGOT ma mie est très gentille
Et ne fait jamais de façons :
Elle a la grâce de la fille
Avec l'audace des garçons.


Elle rit : son visage flambe ;
On dirait d'un coquelicot ;
Au bal elle lève la jambe,
          Margot.

****


J'aime Babet pour sa voix douce,
Pour son teint frais, pour ses yeux vifs,
Pour son épaisse natte rousse
Et pour ses petits airs naïfs.

Elle a quelque chose d'étrange,
Un je-ne-sais-quoi qui me plaît ;
C'est un démon autant qu'un ange,
          Babet.

***

Margot dit à qui veut l'entendre
Que son amour fait mon bonheur ;
Babet partout s'en va prétendre
Qu'elle est seule reine en mon cœur.


A toutes deux désirant plaire,
Je leur dis qu'elles ont raison ;
Mais, entre nous, moi je préfére
          Suzon.

# PASTORALE

Colin, le beau garçon meunier,
S'approche d'une bergerette :
« Veux-tu venir au bois, Colette ? »
Elle se fait un peu prier.


« Viens ! Je sais un petit sentier
« Où l'on peut, à deux, sur l'herbette,
« Cueillir la fleur la plus coquette
« Qui soit dans l'univers entier ! »
. . . . . . . . . . . . . . . . . . . . . . . . . . . . . . . . . . . . . . . . .


Elle a donc trouvé bien jolie
La fleurette qu'ils ont cueillie ?
Depuis ce jour, chaque matin,


Vers le meunier elle s'avance
Et lui dit, sans plus d'éloquence :
« Veux-tu venir au bois, Colin ?

## Chanson des Amours raisonnables

Rosalindes ou Jeannetons,
Marguerites, Margots, Gotons,
Chansons tendres en tous les tons,
    Je les délaisse ;
Des amours d'hier oublieux,
Je renverse tous ces faux dieux :
Toi seule règnes dans mes cieux,
    Brune déesse !


Nous ne nous sommes pas cherchés :
Le hasard nous a rapprochés
Et nous n'en sommes pas fâchés,
    Je le suppose :
Pour moi, combien je fus surpris
Le beau matin où je compris
Que mon cœur venait d'être pris :
    Drôle de chose !

Tes baisers cherchent mes baisers
Et nos désirs, même apaisés,
Nous laissent tous deux embrasés
    De corps et d'âmes ;
C'est le vrai, c'est le seul bonheur :
Gloire donc à l'Amour vainqueur
Qui fit brûler dans notre cœur
    Ses douces flammes !


Pourtant, veux-tu, parlons raison :
N'oublions pas, ô ma Suzon,
Que l'amour n'a qu'une saison,
    Hélas, trop brève !
Prenons comme ils viennent les jours,
Sans nous attendre à des amours
Qui dureraient toujours, toujours :
    C'est bon en rêve !


Les cœurs humains sont inconstants ;
Notre amour éclos au printemps
Est-il né pour vivre longtemps,
    Chère mignonne ?
—Peut-être avec beaucoup de soins
Il verrait l'hiver : néanmoins
Tâchons qu'il aille tout au moins
    Jusqu'à l'automne.

Laissons à d'autres le serment
De s'aimer éternellement
Et faisons-nous tout simplement
    Cette promesse :
Le jour où nous apercevrons
Le pli de l'ennui sur nos fronts,
Tout sera fini : nous n'aurons
    Pas de faiblesse.

D'amants nous deviendrons amis :
Nous renoncerons, c'est promis,
A tous les plaisirs non permis,
    Aux folles fièvres.....
Mais, en attendant, si tu veux,
Aimons-nous en vrais amoureux
Et laisse-moi baiser tes yeux,
    Ton cou, tes lèvres !

....Mais le jour s'en allait. Mon amie referma le clavecin ; le couvercle en tombant fit tressaillir les cordes, qui semblèrent soupirer comme pour nous reprocher d'avoir interrompu leur sommeil. Nous quittâmes notre retraite, et nous partîmes par la plaine ; le soleil était bas à l'horizon, des brumes blanches s'élevaient du sol, accrochant leur ouate légère aux buissons d'églantiers, et l'Angelus du soir sonna dans le lointain.

## Table des Matières

Annonay. — Imp. J.ROYER

9 782019 130725